# LOS RATONES DE LA SEÑORA MARLOWE

Escrito por

## Frank Asch

Ilustrado por

## Devin Asch

EDITORIAL JUVENTUD

Título original: MRS. MARLOWE'S MICE
© texto: Frank Asch, 2007
© ilustraciones: Devin Asch, 2007
Edición original publicada en 2007 por Kids Can Press Ltd. Toronto, Canadá

© EDITORIAL JUVENTUD, S. A., 2007
Provença, 101 - 08029 Barcelona
info@editorialjuventud.es
www.editorialjuventud.es

Traducción castellana: Elodie Bourgeois y Teresa Farran
Primera edición, 2007
Depósito legal: B. 42.136-2007
ISBN 978-84-261-3623-7
Núm. de edición de E. J.: 11.023
*Printed in Spain*
GRAFO, S.A.

Para Dorothy

F.A. & D.A.

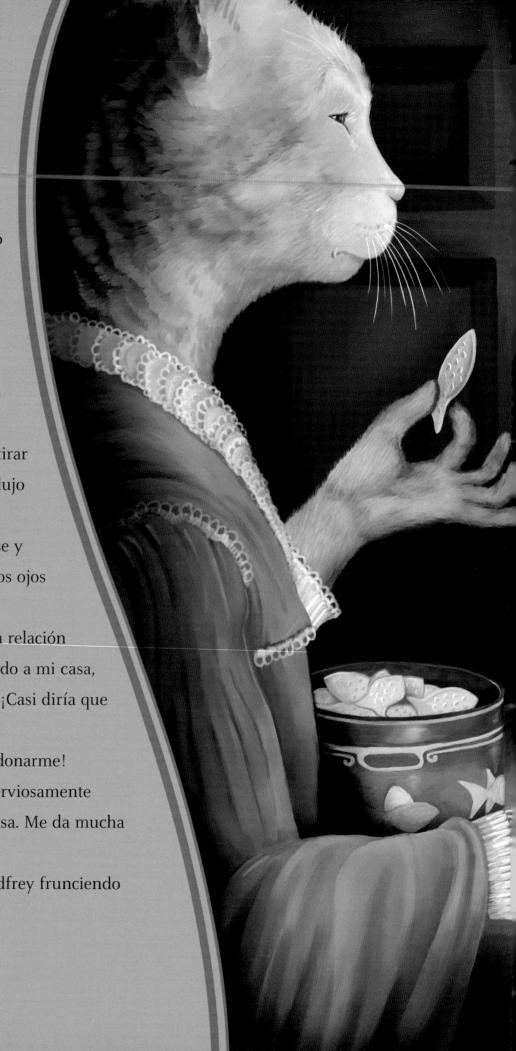

Un día, cuando la señora Eleonor Marlowe volvía a su casa después de trabajar en la biblioteca de la calle de los Ronroneos, la vieja gata fisgona del cuarto piso abrió la puerta e insistió para que la joven viuda entrara a su casa a tomar un té de hierba gatera con ella.

—La tetera ya está hirviendo —anunció la señora Godfrey—. Y acabo de sacar unas galletitas de atún del horno.

La señora Marlowe agradeció poder estirar sus patas cansadas, pero el interminable flujo de quejas y chismes de su vecina no tardó en aburrirla. Justo cuando iba a disculparse y despedirse, la señora Godfrey entrecerró los ojos y dijo:

—Sabes, Eleonor, me parece que nuestra relación va en un solo sentido. Yo te invito a menudo a mi casa, pero jamás he puesto una pata en la tuya. ¡Casi diría que estás ocultando algo!

—¡Oh, lo siento muchísimo! ¡Debes perdonarme! —exclamó la señora Marlowe moviendo nerviosamente la cola—. Es que soy una pésima ama de casa. Me da mucha vergüenza invitar a alguien a mi casa.

—Ejem…Ya entiendo —dijo la señora Godfrey frunciendo la boca y removiendo el té.

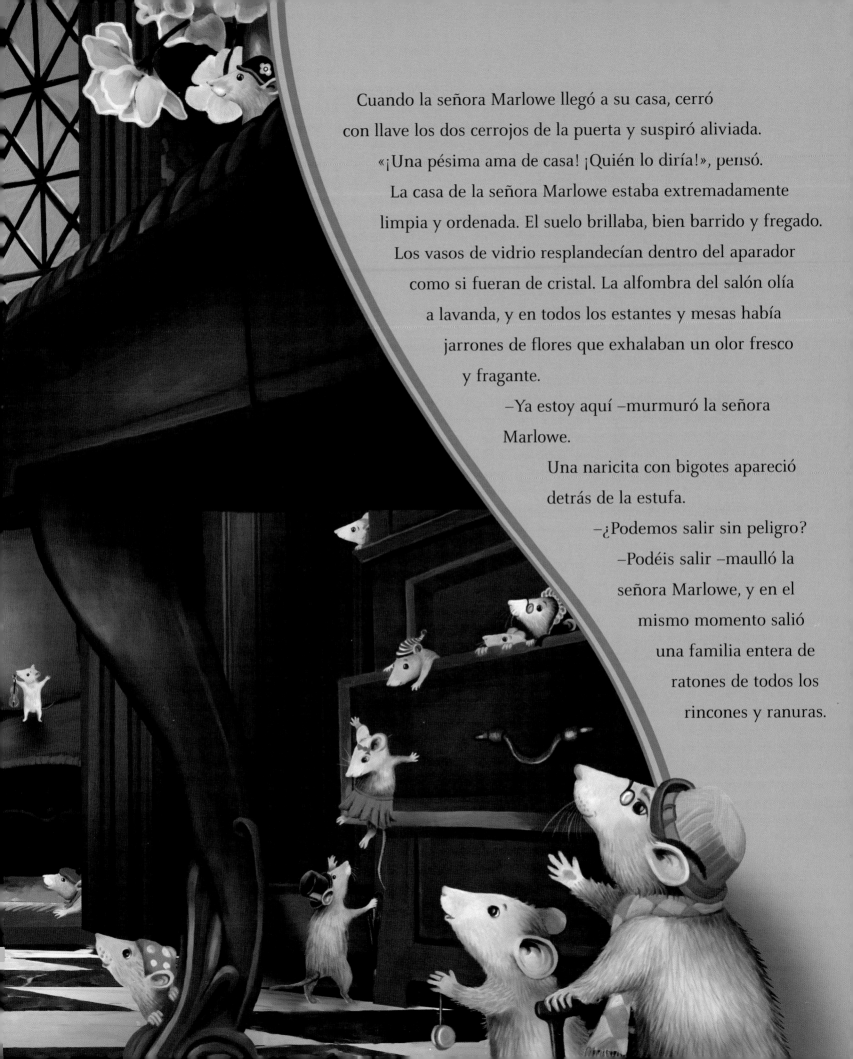

Cuando la señora Marlowe llegó a su casa, cerró
con llave los dos cerrojos de la puerta y suspiró aliviada.
«¡Una pésima ama de casa! ¡Quién lo diría!», pensó.
La casa de la señora Marlowe estaba extremadamente
limpia y ordenada. El suelo brillaba, bien barrido y fregado.
Los vasos de vidrio resplandecían dentro del aparador
como si fueran de cristal. La alfombra del salón olía
a lavanda, y en todos los estantes y mesas había
jarrones de flores que exhalaban un olor fresco
y fragante.

—Ya estoy aquí —murmuró la señora
Marlowe.

Una naricita con bigotes apareció
detrás de la estufa.

—¿Podemos salir sin peligro?
—Podéis salir —maulló la
señora Marlowe, y en el
mismo momento salió
una familia entera de
ratones de todos los
rincones y ranuras.

–¿Cómo le fue el día en la biblioteca? –preguntó el abuelo Paul.

–Estuve bastante atareada, la verdad –contestó la señora Marlowe–. Mi ayudante estaba enferma, así que tuve que atender a los lectores, colocar los libros nuevos en los estantes y leer a los gatitos.

–Nosotros también hemos estado muy ocupados –replicó la tía Gerty–. Hemos sacado brillo a la plata, trasplantado los brotes de albahaca y le hemos preparado una deliciosa sopa de anchoa y cebolleta.

–Yo también ayudé –dijo Billy Joe, inspeccionando la cesta de labores de punto–. ¿Ya está terminada mi gorra?

–Pues sí que lo está –contestó la señora Marlowe, y le entregó al joven ratón una gorra de punto muy bonita–. La he terminado en el tranvía de camino a casa.

–Ejem… –carraspeó el abuelo Paul–, hablando del tranvía, por casualidad no se…, ejem…

–¡Vamos, abuelo Paul –dijo la señora Marlowe–. Está usted entre amigos. ¡Si tiene algo que decir, adelante!

–Bueno…, ejem… –Finalmente el abuelo acabó soltando la pregunta que le había estado dando vueltas en la cabeza toda la tarde–: ¿Ha podido pasar por el mercado de pescado y queso en el camino de regreso?

–¡Oh, casi me olvido! –exclamó la señora Marlowe.

La señora Marlowe sacó un gran trozo de queso de su bolsa de la compra.

–No encontré el Munster que me pidió, pero creo que el gruyer le encantará.

–¡Nunca nos cansamos del gruyer! –exclamó el abuelo Paul–. ¿Verdad, Billy Joe?

–¡Nunca! –gritó el joven ratón–. ¡Me gusta meter la nariz por los agujeros!

Mientras la familia de ratones formaba una cola, la señora Marlowe empezó a cortar el queso en daditos.

–No os empujéis. Hay para todos –les recordó dulcemente.

–He engordado sesenta gramos desde que vinimos a vivir aquí –declaró la prima Amanda.

–Yo también –dijo el hermano Albert con una risita traviesa–. ¡Si no la conociera tan bien, diría que la señora Marlowe nos está cebando para engullirnos!

–¡Oh, qué cosa más horrible estás diciendo, Albert! –chilló la tía Gerty–. Sabes perfectamente que la señora Marlowe nos invitó a venir a vivir con ella por pura generosidad.

–¡Y poniendo en peligro su propia seguridad y su bienestar, debo añadir! –dijo el abuelo Paul.

En ese mismo momento alguien aporreó la puerta de la señora Marlowe con insistencia.

–¡Abra la puerta! –bramó una voz bronca–. ¡Policía!

–¡De prisa! ¡Todos a esconderse! –susurró la joven viuda.

Los ratones de la señora Marlowe eran muy disciplinados. Además ella los había entrenado durante horas y horas, de manera que sabían exactamente dónde esconderse y cómo quedarse quietos hasta que ella les dijera que podían salir.

¡PAM PAM PAM!

–¡Abra inmediatamente o derribamos la puerta!

–¡Un momento, por favor!

La señora Marlowe comprobó que todos estuvieran bien escondidos. Entonces, alisando un poco su vestido, suspiró hondamente y abrió la puerta.

–Soy el teniente Manx –dijo un acicalado gato gris, enseñando su brillante chapa de Seguridad–. Y éste es mi ayudante, el sargento Baxter.

La señora Marlowe no pudo menos que notar el fuerte olor a betún que se desprendía de las botas de cuero de los policías, y el hecho de que uno de los agentes, o quizás ambos, usara demasiada colonia.

–¿Hay algún problema? –preguntó la joven viuda con una sonrisa amable.

–Hemos recibido una queja por parte de uno de sus vecinos –replicó el sargento–. ¡Tenemos razones para creer que usted esconde a ratones en su casa!

–¡Yo! ¿Protegiendo ratones? –dijo la señora Marlowe riéndose–. ¡Vaya, es ridículo!

–Pues, entonces no le importará si echamos un vistazo, ¿verdad? –espetó el teniente.

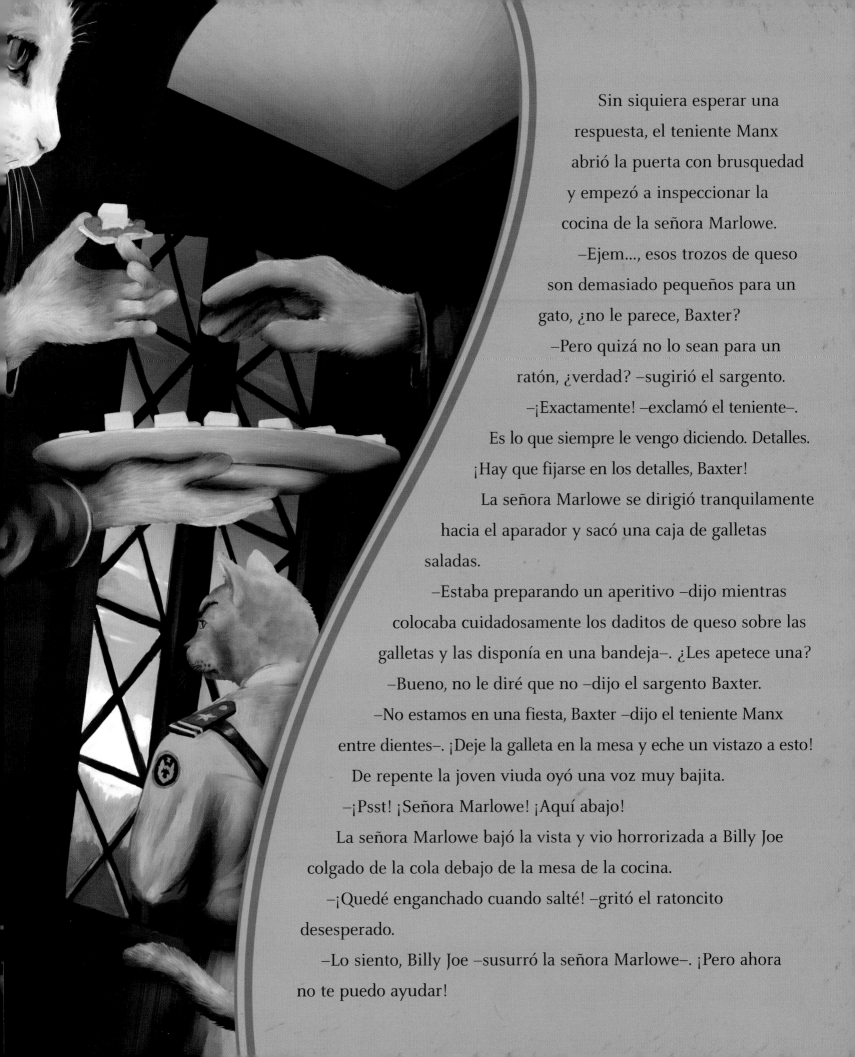

Sin siquiera esperar una respuesta, el teniente Manx abrió la puerta con brusquedad y empezó a inspeccionar la cocina de la señora Marlowe.

—Ejem..., esos trozos de queso son demasiado pequeños para un gato, ¿no le parece, Baxter?

—Pero quizá no lo sean para un ratón, ¿verdad? —sugirió el sargento.

—¡Exactamente! —exclamó el teniente—. Es lo que siempre le vengo diciendo. Detalles. ¡Hay que fijarse en los detalles, Baxter!

La señora Marlowe se dirigió tranquilamente hacia el aparador y sacó una caja de galletas saladas.

—Estaba preparando un aperitivo —dijo mientras colocaba cuidadosamente los daditos de queso sobre las galletas y las disponía en una bandeja—. ¿Les apetece una?

—Bueno, no le diré que no —dijo el sargento Baxter.

—No estamos en una fiesta, Baxter —dijo el teniente Manx entre dientes—. ¡Deje la galleta en la mesa y eche un vistazo a esto!

De repente la joven viuda oyó una voz muy bajita.

—¡Psst! ¡Señora Marlowe! ¡Aquí abajo!

La señora Marlowe bajó la vista y vio horrorizada a Billy Joe colgado de la cola debajo de la mesa de la cocina.

—¡Quedé enganchado cuando salté! —gritó el ratoncito desesperado.

—Lo siento, Billy Joe —susurró la señora Marlowe—. ¡Pero ahora no te puedo ayudar!

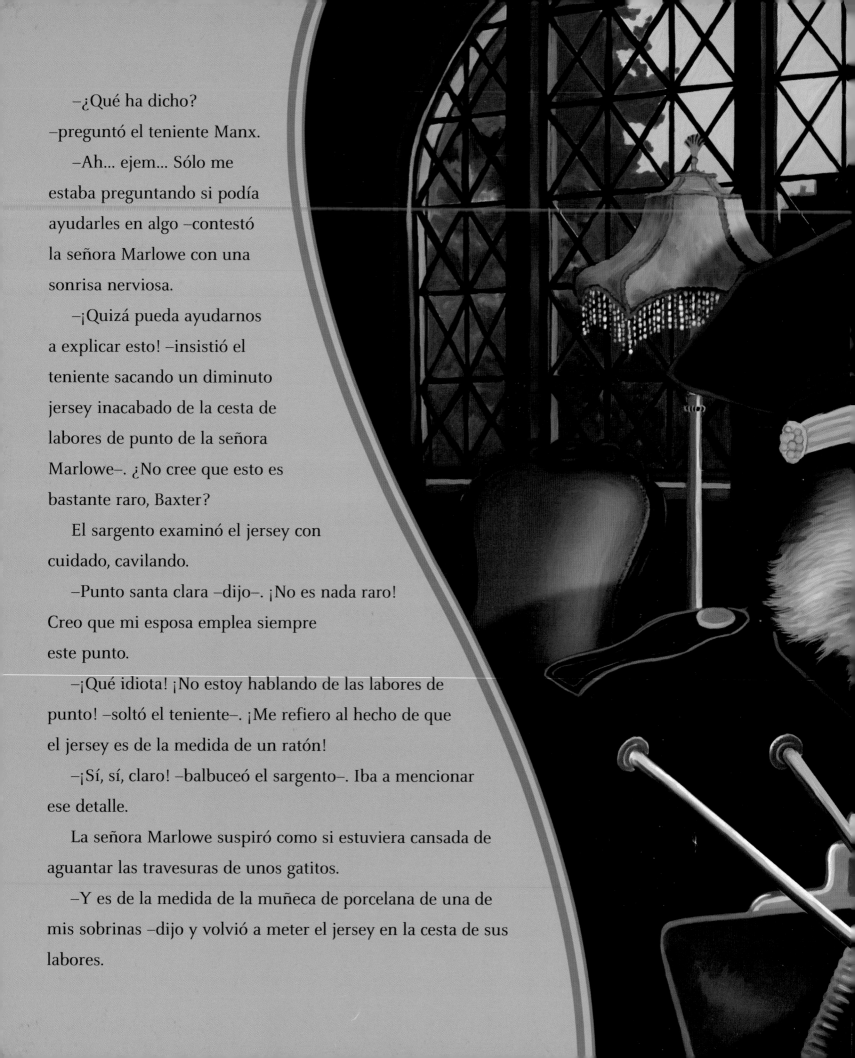

–¿Qué ha dicho? –preguntó el teniente Manx.

–Ah... ejem... Sólo me estaba preguntando si podía ayudarles en algo –contestó la señora Marlowe con una sonrisa nerviosa.

–¡Quizá pueda ayudarnos a explicar esto! –insistió el teniente sacando un diminuto jersey inacabado de la cesta de labores de punto de la señora Marlowe–. ¿No cree que esto es bastante raro, Baxter?

El sargento examinó el jersey con cuidado, cavilando.

–Punto santa clara –dijo–. ¡No es nada raro! Creo que mi esposa emplea siempre este punto.

–¡Qué idiota! ¡No estoy hablando de las labores de punto! –soltó el teniente–. ¡Me refiero al hecho de que el jersey es de la medida de un ratón!

–¡Sí, sí, claro! –balbuceó el sargento–. Iba a mencionar ese detalle.

La señora Marlowe suspiró como si estuviera cansada de aguantar las travesuras de unos gatitos.

–Y es de la medida de la muñeca de porcelana de una de mis sobrinas –dijo y volvió a meter el jersey en la cesta de sus labores.

Los gatos policías siguieron buscando, mirando detenidamente debajo de los muebles, examinando el interior de los cajones, dando la vuelta a los cojines y husmeando por todos los rincones.

–Aquí sólo huele a flores –observó el sargento Baxter.

–Sí, me encantan las flores –intervino la señora Marlowe con una sonrisa graciosa–. ¿Le gustaría llevarse unos gladiolos a casa para su esposa?

El sargento Baxter estaba a punto de aceptar la oferta de la joven viuda cuando vio el entrecejo fruncido del teniente.

–Ejem..., no, gracias –contestó–. Mi esposa ya tiene demasiadas flores.

–¡Cielos! –exclamó la señora Marlowe–. ¡No puedo imaginar que se puedan tener demasiadas flores!

Después de un
meticuloso registro del piso
de la señora Marlowe, el teniente
Manx finalmente se rindió.

–Aquí no hay ratones, Baxter
–refunfuñó y se dirigió hacia la puerta para
salir de la cocina.

–Sentimos haberla molestado, señora –dijo
el sargento Baxter.

–Siempre es un placer servir al departamento
de Seguridad –ronroneó la señora Marlowe.

Justo en ese momento la cola de Billy Joe cedió, y los tres
gatos oyeron el sonido inconfundible de unas pequeñas zarpas
corriendo por el suelo de baldosas de la cocina.

–¡Ajá!

El teniente Manx se volvió como movido por un resorte.

–¡Así que era cierto! ¡Está usted escondiendo a ratones!

–¿Se refiere usted a esta...,
ejem..., exquisitez? –contestó la
señora Marlowe al recoger a Billy
Joe–. Es mi cena. Es evidente que
se escapó de la despensa cuando
yo estaba charlando con ustedes,
señores. Con mucho gusto les
invitaría a compartirlo conmigo,
pero tan minúsculo bocado es apenas
para uno.

Al decir eso, la señora Marlowe
sujetó a Billy Joe por la cola y se lo
metió dentro de la boca.

–¡Deténgase! –gritó el teniente Manx–.
¡Queda detenida por cobijar a ratones!

La joven viuda masticaba y tragaba.

–¡Ñam..., delicioso!

–Acaba de infringir la ley –declaró Manx–.
¡Ese ratón era una prueba!

–¿Prueba? –La señora Marlowe se limpió
delicadamente los labios con la punta de la cola–.
¿Desde cuándo comerse un ratón es ilegal?

–Teniente, ¿no estará olvidando un detalle importante?
–se atrevió a decir el sargento Baxter–. ¡Un protector de ratones
jamás se comería un ratón!

–¡Oh, cállese, Baxter!

El teniente Manx empujó al sargento hacia la entrada. Luego
se volvió hacia la señora Marlowe.

–Por ahora hemos terminado. ¡Pero no se confíe: seguiremos
vigilándola!

La señora Marlowe se quedó escuchando detrás de la puerta hasta que estuvo segura de que los agentes habían dejado el edificio. Sólo entonces dio un gran suspiro de alivio.

–¡Ya se han ido! –maulló–. ¡Podéis salir!

En unos segundos el piso estuvo repleto de ratones bastante disgustados.

–¡Creíamos que era nuestra amiga! –chilló la tía Gerty.

–¡Confiábamos en usted! –se quejó la abuela Mildred sorbiéndose la nariz.

El hermano Clem se arrancó el jersey.

–¡No me lo volveré a poner! –declaró.

–¡Ay, mi niño! –gimió la madre de Billy Joe–. ¡Esta GATA se ha comido a mi pobre hijito!

–Vamos, vamos, querida –dijo su marido–. Intenta ver el lado bueno. Aún nos tenemos el uno al otro, y además sabemos que nuestro hijo murió por una buena causa.

Pero con sus palabras sólo consiguió que ella rompiera a llorar.

Hasta el abuelo Paul estaba alterado.

–Debo admitir, Eleonor –dijo pausadamente–, que después de esta noche ninguno de nosotros se va a sentir seguro aquí. ¿Cómo podemos saber que no está planeando comernos a todos, uno tras otro?

La señora Marlowe sonrió. Después abrió la boca, se puso la mano debajo de la lengua y sacó a Billy Joe manteniéndolo en alto. El ratón estaba empapado y tiritando pero perfectamente ileso.

–Siento mucho haberos asustado –se disculpó la señora Marlowe al devolver el ratoncito a su familia–. Pero ha sido lo único que se me ha ocurrido para librarme de esos horribles policías. ¿Estás bien, Billy Joe?

–¿Yo? ¡Por supuesto! Estoy muy bien. ¡Vaya, ni siquiera me he asustado! –se jactó Billy Joe–. ¿Y ahora podemos comer el queso?

–¡Claro! –ronroneó la señora Marlowe.

–Pero... pero... ¡Si la vimos masticar y tragar! –gritó el abuelo Paul.

–Lo único que me he tragado ha sido la gorra de Billy Joe –explicó la señora Marlowe.

–Me gustaba mucho esa gorra –lloriqueó el ratoncito.

–No te preocupes, Billy Joe. Te tejeré una más bonita aún.

Los ratones de la señora Marlowe pidieron mil excusas.

–Me cuesta creer que desconfiáramos de usted –dijo el abuelo Paul avergonzado.

–Es bien comprensible –contestó la señora Marlowe–. Pero debéis creerme, nunca os haría daño a ninguno de vosotros. ¡Nunca jamás!

Después de cenar, la señora
Marlowe se retiró al salón y se
sentó en su butaca preferida con
todos los ratones reunidos en torno
a ella. Se puso las gafas y empezó a leer
en voz alta. Mientras leía, el tío Harvey le
rascaba la cabeza detrás de la oreja y la tía
Gerty y el hermano Albert le acicalaban la cola.
Lo que más les gustaba a todos era terminar
el día así. Pero los angustiosos acontecimientos
de la tarde se dejaban sentir. La señora Marlowe
no había acabado el capítulo cuando se quedó
profundamente dormida con el libro todavía
entre sus zarpas.

–Pero la historia empezaba a ponerse interesante
–se quejó Billy Joe–. ¡Vamos a despertarla!

–¡No, déjala dormir! –murmuró el abuelo Paul–. Si alguien
se merece un buen descanso es la señora Eleonor Marlowe.

Desplazándose sin hacer ruido, como sólo pueden hacerlo los ratones cuando quieren de verdad
ser silenciosos, los huéspedes de la señora Marlowe le quitaron cuidadosamente las gafas. Después pusieron
el libro sobre la mesa, y la taparon hasta la barbilla con una manta, para que estuviera calentita y cómoda
toda la noche.